AF454867

16 Mars 1908

V

VENTE

Lundi 16 Mars 1908

H. DROUOT — SALLE N° 11

A 2 HEURES 1/4

EXPOSITION PUBLIQUE

Le Dimanche 15 Mars 1908

DE 2 H. A 5 H. ½

OBJETS D'ART et de CURIOSITÉ

DE L'ORIENT ET DE L'OCCIDENT

FAIENCES PERSANES A REFLETS MÉTALLIQUES ET A IRISATIONS

DES XVe ET XVIe SIÈCLES

ANCIENNES PORCELAINES DE CHINE

Armes, Fers, Aciers damastiqués, Laques, Manuscrits

BIJOUX ENRICHIS DE PIERRES PRECIEUSES

TABLEAUX - PASTELS

Beaux Tapis anciens d'Orient — Étoffes — Broderies

Me GEORGES NORMAND

COMMISSAIRE-PRISEUR

41, Rue de la Victoire, 41

M. Arthur BLOCHE

EXPERT PRÈS LA COUR D'APPEL

52, Rue de Châteaudun, 52

CONDITIONS DE LA VENTE

Elle sera faite expressément au comptant.

Les acquéreurs paieront 10 o/o en sus des enchères.

L'exposition mettant le public à même de se rendre compte de l'état des objets, il ne sera admis aucune réclamation une fois l'adjudication prononcée.

DÉSIGNATION

ANCIENNNES FAIENCES
DE PERSE

1 — Coupe intéressante forme circulaire, décor par rayons en bleu imbriqué de vert, à reflets d'irisations. Provient de fouilles en Perse, xve siècle.

2 — Coupe curieuse forme ronde et concave, décor par rayons à ornements, à reflets d'irisations. Provient de fouilles en Perse, xve siècle.

3 — Vase à panse renflée, goulot en gourde avec quatre anneaux en guise d'anses, décor à fleurs et feuillages avec banderolles à inscriptions, xvie siècle.

4 — Bouteille fond bleu turquoise, panse renflée, décor en noir à ornements, XVIe siècle.

5 — Buire de Rhodes, décor à médaillons, rosaces encadrés de bleu, XVIIe siècle.

6 — Plat rond en ancienne faïence de Perse, décor polychrome formant une grande rosace.

7 — Plat rond, décor à semis de fleurs en bleu.

8 à 12 — Cinq plats fond bleu, dessein à fleurs par rayons en noir.

13 — Plat en terre à couverte émaillée fond bleu clair, dessin en camaïeu.

14-15 — Deux plats décorés, l'un d'entrelacs en bleu sur blanc, l'autre en relief à arabesques et motifs variés en polychrome.

16 — Plat creux et ancien, forme conique en terre émaillée, dessin curieux par compartiments à ornements.

17 — Coupe à fond bleu turquoise, dessin à rosace et médaillons en brun.

18 — Curieux vase à panse renflée en terre, couverte verte à irisations, orné de quatre anses. Provient de fouilles.

19 — Plaque de revêtement, dessin mosquées en polychrome, encadrée.

20 — Plaque de revêtement de Perse, décor à inscriptions à reflets métalliques, XVe siècle.

21 — Petit plat fond bleu turquoise, dessin en noir.

22 — Plat rond à bords concaves, fond bleu clair, dessin à fleurs et semis de feuilles en bleu plus foncé.

23 — Coupe bleu turquoise à dessin noir.

24 — Plat de Rhodes, décor à la tulipe et aux palmes en couleur.

25 — Coupe circulaire de Perse, décor au fond à rosace, aux bords et dessous à festons et truité en bleu.

26 — Coupe à fruits, décor en bleu sur blanc à arceaux et lambrequins.

27 — Coupe ton réséda.

28 — Assiette en bleu sur blanc.

29 à 34 — Douze vases et potiches de Perse à décors variés en bleu sur blanc.

35 — Coupe à compartiments, décor bleu sur blanc, avec inscription au-dessous.

36 — Plaque de revêtement fond bleu avec inscription Koufik dorée.

37 — Bol, décor à ornements à l'intérieur comme à l'extérieur, à reflets métalliques sur fond blanc, xve siècle.

38 — Plat, décor à feuillages et ornements, et à arabesques au revers, à reflets métalliques, xve siècle.

39 — Soucoupe, décor à reflets métalliques à feuillages, xve siècle.

40 — Bol parties ajourées, à décor varié, xviie siècle.

41 — Lampe de mosquée à nombreuses branches, à décor varié noir sur vert.

42 — Crachoir, décor à reflets métalliques à ornements.

43 — Coupe circulaire, parties ajourées, décor en bleu sur blanc à ornements, offrant au centre un tigre, XVIe siècle.

ANCIENNES PORCELAINES
DE CHINE

44 — Quatre aspergeoirs en vieux Chine à décors variés, fond bleu et or, fond blanc et polychrome et truité en couleur.

45 — Cornet à décor bleu sur blanc fond quadrillé, médaillons à objets d'ameublement en vieux Chine.

46 — Bouteille en vieux Chine forme allongée, décor de la famille verte à lambrequins et fleurs, arabesques et cachets d'une grande finesse.

47 — Vase à grosse panse renflée, col à bourrelet en vieux Chine, décor en bleu sur blanc à fleurs et oiseaux.

ARMES ANCIENNES

48 — Armure composée d'un bouclier, un casque et un brassard en acier incrusté d'or et ciselé à jour à inscription.

49 — Armure composée d'un bouclier, un casque et un brassard en acier gravé et damasquiné d'or à personnages et ornements avec marques en relief.

50 — Armure composée d'un bouclier, un casque et un brassard en acier gravé à inscription.

51 — Hache en acier incrusté d'or à inscription, manche incrusté d'argent.

52 — Trois lances en acier gravé à inscription.

53 — Poignard à lame courbe incrustée d'or, manche en ivoire sculpté à personnages.

54 — Deux poignards à lames courbes en fer gravé à personnages.

55 — Couteau à lame de Damas incrustée d'or, manche en ivoire.

56 — Yatagan à lame damasquinée et incrustée d'or, manche en corne.

57-58 — Deux pistolets à pierre gravés, damasquinés et incrustés d'or.

59 — Grand couteau persan.

60 — Couteau oriental, manche en ivoire.

FERS, ACIERS, CUIVRES

GRAVÉS ET INCRUSTÉS

61 — Miroir sur pied en acier gravé et incrusté, dessin très fin à ornements et inscription.

62 — Deux vases à anses en acier gravé et incrusté d'or, dessin à ornements.

63 — Aiguière et bassin en acier fin gravé et damasquiné, dessin à ornements.

64 — Bol ancien en étain avec incrustations de bronze, dessin à fleurs et animaux.

65 — Petit vase en acier gravé et incrusté d'or et d'argent, dessin à personnages et fleurs.

66 — Deux chandeliers anciens en cuivre jaune finement gravé à fleurs et ornements.

67 — Presse-papier forme poire, en acier damasquiné et incrusté d'argent.

67 *bis* — Plateau en cuivre jaune gravé, dessin à personnages priant.

68 — Narghilé de Perse en ardoise gravée et émail fond bleu.

69 — Balance persane dans une boîte en bois peint représentant un marché en Perse.

70 — Deux bols en cuivre gravé.

71 — Aiguière et bassin en acier gravé et damasquiné d'or, dessin à fleurs et médaillons. Travail persan.

72 — Bouteille même travail, dessin animaux et fleurs.

73 — Deux flambeaux en cuivre gravé de Perse.

74 — Lampe ancienne en bronze de Perse.

LAQUES, MANUSCRITS

INSTRUMENTS DE MUSIQUE, OBJETS DIVERS

75 — Grand manuscrit, histoire de Perse; reliure en laque à dessin polychrome.

76 — Coffret en laque, dessin à feuillages.

77 — Miroir à main en laque, dessin à personnages et ornements.

78 — Miroir, monture en laque, dessin à volatiles et fleurs.

79 — Deux écritoires en laque, fond noir à fleurs et ornement.

80 — Deux écritoires en laque, dessin à personnages.

81 — Coffret en laque, dessin dit mosaïque.

82 — Miroir, cadre en laque dite mosaïque.

83 — Miroir, monture laque dite mosaïque.

84 — Support de Koran en laque dite mosaïque, parties ajourées.

85 — Dessus de table en laque, dite mosaïque.

86 — Trois peignes en bois de santal sculpté et parfumé.

87 — Jeu de cartes en laque.

88 — Lot de quarante pièces anciennes, de monnaie en argent.

89 — Lot d'environ quatre cents pièces anciennes de monnaie de cuivre.

90 — Boîte incrustée de turquoises de Perse.

91 — Bougeoir de même travail.

92 — Huit cachets anciens, gravés à personnages.

93 — Lot de pierres dures et d'agate.

94 — Miniature sur ivoire, représentant un des anciens rois des Indes ; cadre bronze doré.

95 — Deux miniatures persanes; cadres en laque dite mosaïque.

96 — Tambour en laque ; dessin à personnages et danseuses.

97 — Tambourin en laque, dite mosaïque.

98 — Cymbale persane en laque, dessin à personnages et danseuses.

99 — Casse-tête ou jeu de plateaux en émail peint de la Chine, à fleurs et ancien.

100 — Quatre peintures persanes : Scènes d'intérieur.

101 — Trois coffrets et toilettes en laque ancien de la Perse, dessin mosaïque et à personnages.

102 — Cabinet de même travail ancien.

TAPIS, ÉTOFFES

103 — Grand et beau tapis de Perse, fond rouge à dessin polychrome, bordure fond bleu, XVIe siècle.

104 — Tapis de prière, dessin archaïque, fond rouge, XVIe siècle.

105 — Tapis de prière fond vert, dessin en couleur sur fond rouge, Perse XVIe siècle.

106 — Carpette ancienne de Perse, fond rouge, bords et dessin polychrome.

107 — Tapis de Perse, fond gros bleu, petit dessin polychrome, bordure multiple.

108 — Carpette ancienne de Perse, offrant au centre une rosace sur fond clair, bordure fond rouge.

109 — Tapis de prière dessin archaïque, fond rouge, bordure multiple. Perse, XVIe siècle.

110 — Deux panneaux décor à personnages en couleur, sur toile. Travail d'impression de la Perse.

111 — Tenture en toile de Perse à rosace et bandes ornementées en couleur.

112 — Six pièces : Echarpes et napperons en fil de lin, brodés aux extrémités.

113 — Dessus de coussin en satin gros bleu, brodé à fleurs et caractères d'Orient.

114 — Tapis carré en fil de lin brodé à fleurs.

115 — Deux petits tapis carrés en satin bleu turquoise et blanc brodé.

116 — Deux dessus de coussins en satin rouge et satin blanc, brodés de soie et de perles.

117 — Deux dessus de banquettes en satin crème et rouge brodé.

118 — Grand tapis en soie fond rouge, offrant au centre une mosquée; bordure multiple à inscription tirée du Koran; dessin très fin à reflets.

119 — Tapis en soie fond crème et vert à triple bordure; dessin à animaux, arbres et ornements.

120 — Deux petits dessus de coussins en soie fond vert, à dessin polychrome.

121 — Tapis de prière fond rouge, dessin à double médaillon au centre et angles; bordure multiple à arbres et fleurs en polychrome.

122 — Tapis de prière fond rouge, crème, avec médaillon à feuillages.

123 — Tapis de prière, dessin à double face à médaillon et ornements en polychrome.

124 — Tapis de prière fond blanc, dessin à petits animaux et ornements.

125 — Tapis de Chiraz, fond rouge, dessins à à palmes avec large bordure. Long. : 3m80. Larg. : 1m60.

126 — Beau tapis de Khorassan, fond bleu velouté à dessin polychrome. Long. : 2m50. Larg. : 1m85.

127 — Chemin de Ferahan, fond bleu foncé, dessin à palmettes. Long. : 4 m. Larg. : 1 m.

128 — Tapis carré de Loristan à poils longs, fond jaune, dessin à médaillon.

129 — Tapis de Karabanghe fond rose, dessin à médaillon. Long. : 3 m. Larg. : $1^{m}60$.

130 — Dessus de table en velours violet brodé de soie et de métal, dessin à fleurs.

131 — Grand panneau en soie rouge brodée à paillettes, dessin à oiseaux et pommes de pin bordure bleue.

132 — Grand panneau en soie rouge brodée de fils de soie polychrome, dessin à feuillages et inscription.

133 — Echarpe en filet de soie.

134 — Grand panneau en broderie de soie blanche, dessin aux lions et à pommes de pin.

135 — Autre panneau moins grand de même travail.

136 — Douze serviettes à thé en broderie de soie blanche.

137 — Six mouchoirs brodés de soie blanche.

138 — Deux napperons carrés de même travail.

139 — Deux napperons plus petits de même travail.

140 — Paire de bottes anciennes en velours violet brodé en fin.

141 — Panneau ancien en toile imprimée, dessin à oiseaux de paradis et pins.

142 -- Panneau de même travail.

143 — Tapis de soie fond rouge, à dessin polychrome.

144 — Grand tapis de Perse à dessin varié.

145 — Tapis d'Orient.

146 à 155 — Dix tapis d'Orient à dessins variés et polychromes, de différentes dimensions.

156 — Portière en Karamanie.

BIJOUX, OBJETS DE VITRINE

157 — Sautoir en or.

158 — Bague ornée de rubis, perle et roses.

159 — Bague, pierres de couleur et roses.

160 — Epingle forme fer à cheval ornée de rubis, perle et roses.

161 — Verre d'eau, monture en vermeil.

162 — Broche forme fer à cheval enrichie de rubis et de roses.

163 — Bague forme losange : émeraude entourée de brillants.

164 — Montre de dame en or.

165 — Pendentif orné de perles et de pierres de couleur.

166 — Sautoir en or enrichi de 118 perles.

167 — Collier en corail, fermoir or.

168 — Epingle à chapeau ornée d'une perle fine, de diamants et de rubis.

169 — Pendentif enrichi d'une perle et de brillants.

170 — Epingle forme scarabée, turquoise entourée de diamants.

171 — Broche forme papillon, ornée de brillants, de rubis et d'émeraudes.

172 — Broche forme étoile en or et diamants.

173 — Bague forme cœur : opale entourée de brillants.

174 — Bague en or enrichie d'un brillant noir.

175 — Bague-marquise en or émaillé bleu et diamants.

176 — Cachet forme lyre en or.

177 — Cinq boutons en strass.

177 *bis* — Bague en or ornée de trois saphirs.

177 *ter* — Bague en or ornée de trois saphirs.

178 — Bague en or ornée d'une perle entourage roses.

179 — Collier en agate.

180 — Epingle de cravate en or ornée d'un camée à tête d'homme.

181 — Médaillon carré orné d'une tête de femme.

182 — Boite en écaille, boite en argent, petit mètre en ivoire dans son étui, petit chien et deux pommes d'ombrelles.

183 — Deux petites miniatures : portrait de femme et portrait de jeune homme.

184 — Eventail en nacre orné d'une peinture.

185 — Montre d'homme.

186 — Petit pendentif en émail entouré de strass, avec nœud de ruban.

187 — Deux manches d'ombrelles formés par une tête de chat et une tête d'oiseau en pierre dure.

188 — Coupe-papier et cachet argent, monture ivoire.

189 — Petite lorgnette nacre.

190 — Eventail, monture en ivoire.

TABLEAUX

191 — GREUZE (D'après). Scènes d'intérieur. Deux pendants.

192 — MONTICELLI (Attribué à). Femme sous bois.

193 — TONY. Pasages. Deux pendants.

194 — ECOLE ANCIENNE. Portraits de papes. Deux pendants)

195 — ECOLE FLAMANDE. Paysage.

196 — ECOLE FLAMANDE. Paysage et animaux.

197 — ECOLE FRANÇAISE. Portrait de jeune femme en costume Louis XVI.

198 — ECOLE FRANÇAISE. Portrait présumé de Madame Carvallo.

199 — ECOLE HOLLANDAISE. Paysage et animaux.

200 — ECOLE MODERNE. Vue de Venise. Cadre en bois sculpté.

200 *bis* — ECOLE MODERNE. Paysage.

201 — ECOLE MODERNE. La Vache rousse.

202 — ECOLE MODERNE. Femme nue.

203 — ECOLE MODERNE. Tête de jeune femme. Pastel.

204 — ECOLE MODERNE. Tête de jeune femme. Pastel.

205 — ECOLE MODERNE. Tête de jeune fille.

206 — ECOLE MODERNE. Suite de dix panneaux décoratifs à scènes variées.

MEUBLES — BRONZES

207 — Banquette orientale en bois incrusté de nacre.

208 — Canapé oriental avec broderie d'or et d'argent.

209 — Deux fauteuils Louis XIV en bois sculpté et canné.

210 — Fauteuil Louis XIV en bois sculpté et canné.

211 — Lustre de style Renaissance installé pour l'électricité.

212 — Paire de candélabres en bronze de style Renaissance.

213 — Statuette d'homme en bronze, signée H. Moreau.

214 — Statuette en bronze allégorique au Printemps, signée Bouret.

215 — Objets omis.

www.ingramcontent.com/pod-product-compliance
Ingram Content Group UK Ltd.
Pitfield, Milton Keynes, MK11 3LW, UK
UKHW021038260726
13994UKWH00005B/2235

9 782329 433875